MONSIEUR

DE JOINVILLE.

IMPRIMERIE DE W. REMQUET ET Cie,
Successeurs de Paul Renouard,
RUE GARANCIÈRE 5, DERRIÈRE SAINT-SULPICE.

MONSIEUR

DE JOINVILLE

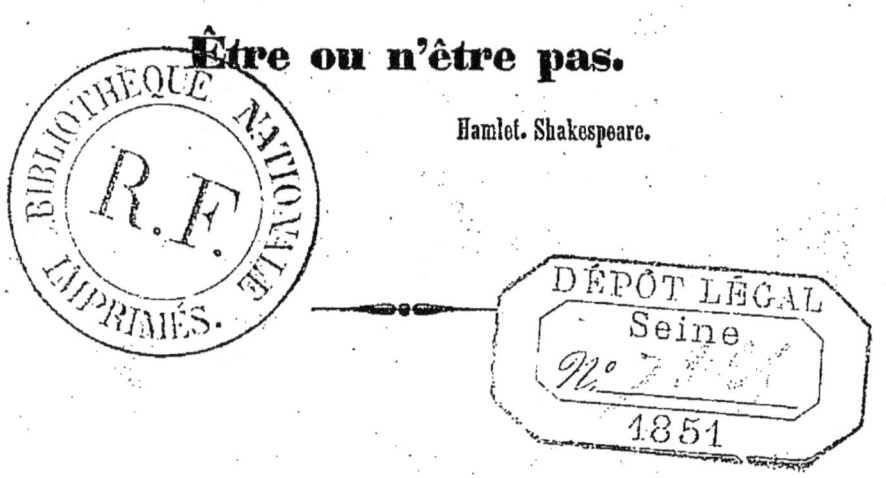

Être ou n'être pas.

Hamlet. Shakespeare.

PARIS

A LA LIBRAIRIE, RUE SAINT-SULPICE, 40.

1851.

UN MOT.

Cet opuscule est une page d'histoire et non une œuvre de parti : nous y rappelons des faits imparfaitement connus avec l'indépendance et la rigueur de la vérité. C'est à l'opinion publique, en admettant, comme sanction nécessaire, que le décret de bannissement soit légalement rapporté, à décider d'après ces faits si la candidature de M. de Joinville répond aux exigences du temps, aux garanties publiques, aux conditions républicaines.

C'est à M. de Joinville à apprécier s'il y a pour lui plus d'honneur à devenir citoyen ou à rester prince; à remonter le courant des idées ou à le suivre; à vivre dans l'exil ou dans la patrie; à être ou à s'annuler.

BÉNÉDICT GALLET.

MONSIEUR

DE JOINVILLE.

I

Le chemin de la Révolte.

Le 13 juillet 1842, une voiture, conduite à la Daumont, se dirigeait par la porte Maillot vers le village de Sablonville. Un homme, très-jeune encore, et portant l'uniforme d'officier général, occupait seul l'intérieur de cette voiture.

Soudain, l'un des chevaux s'effraya, lança des ruades dans le palonnier, prit le galop, et la voiture se vit emportée à toute vitesse vers le chemin de la Révolte, sans que le postillon perdît les arçons et cessât de tenir les guides. Mais il obéissait à l'élan des chevaux et ne les maîtrisait plus.

L'homme, assis dans l'intérieur, suivit, d'abord, sans trop d'inquiétude cette marche désordonnée; mais voyant que la course ne se ralentissait pas; que les chevaux s'animaient outre mesure par leur impétuosité même, et que le postillon avait perdu sur eux toute puissance, il se glissa sur le marchepied, qui se trouvait presqu'au niveau du sol, et sûr d'échapper, par un exercice d'adresse qui lui était familier, à un péril qu'il devait considérer comme imminent, il sauta à pieds joints sur la route. Malheureusement la violence d'impulsion imprimée à la marche des chevaux s'était communiquée de la voiture à sa personne : il fut lancé dans l'espace, comme par un ressort; sa tête frappa la terre; le choc fut terrible : il devait être mortel.

Le voyageur avait perdu connaissance: des passants le relevèrent. On l'étendit sur un brancard improvisé, et on le déposa dans une boutique obscure, qui fait face aux écuries de lord Seymour. Les soins qu'il reçut ne lui rendirent pas l'usage de la parole. On crut saisir seulement quelques sons indistincts, quelques mots vagues articulés en langue allemande. Privé de sentiment, sinon de vie, il ne put voir, reconnaître et saluer par un dernier regard de tendresse un vieillard, son père, qu'on avait été prévenir en hâte, et qui, debout, immobile, les yeux convulsivement attachés sur ce visage de jeune homme, où les ombres de la mort commençaient à dessiner leurs contours livides, suivait les progrès du mal avec une sinistre clairvoyance et dans une stupeur silencieuse. L'agonie fut longue; la vie se retirait, mais avec lenteur, car la jeunesse combattait la mort et luttait contre la destruction.

On remarqua qu'une gouttelette de sang sortait de l'oreille du blessé.

— Que faut-il attendre de cette goutte de sang? demanda le père d'une voix brève à travers laquelle suintaient des larmes.

L'homme de l'art, qu'on interrogeait ainsi, hocha la tête sans répondre.

Ce lugubre silence fut compris.

— Je m'en doutais, dit le vieillard. Votre science et nos pleurs n'y pourront rien : mon fils va mourir.

A quatre heures et demie de ce jour fatal, — 13 juillet — le blessé rendait à Dieu son âme entre les bras du vieillard, qui avait incliné ses lèvres sur ce front mourant, sous les larmes de sa mère infortunée, au milieu des prières désolées, des cris et des sanglots de sa famille.

Quelques soldats du 17e léger, appelés sur ce lieu funèbre, eurent pour mission de conduire, à la chapelle de Neuilly, le cadavre de ce jeune homme qu'ils avaient suivi autrefois dans le défilé des Portes de Fer et sur les hauteurs de Mouzaïa.

Une destinée, qui pouvait être grande par la splendeur ou l'abnégation, était rompue sans retour.

Cet homme, qui venait de mourir pitoyablement, sur une route déserte, comme pour apporter un nouveau témoignage aux lugubres bizarreries, à la toute-puissance sinistre des hasards humains ; qui n'avait eu pour dernière couche ni lit princier, ni champ de bataille, mais un humble matelas, au fond d'une arrière-boutique d'épicier, s'appelait Ferdinand-Philippe-Louis-Charles-Henri d'Orléans.

On déposa son corps dans un cercueil clos avec du plomb fondu. Le cœur fut renfermé dans une urne de plomb. Les églises se voilèrent; les cloches sonnèrent; le père ne voulut céder à personne le droit de mener le deuil de son fils aîné ; les caveaux s'ouvrirent ; le silence et la mort prirent leur proie ; on scella la pierre, et tout fut dit.

Lorsque, plus tard, on ouvrit le testament où, dans la mystérieuse prévision d'une fin prématurée, Henri d'Orléans avait déjà consigné ses volontés, on y trouva ces lignes républicaines et prophétiques :

« Il faut que mon fils soit le servi-
« teur exclusif, passionné de la France
« et de la Révolution. »

Républicaines, puisqu'elles acceptaient la révolution;

Prophétiques, puisqu'elles l'annonçaient.

Parmi les frères du duc d'Orléans, qui manquèrent sinon à son deuil, du moins à son agonie, se trouvaient M. de Nemours, alors en inspection à Nancy, et M. de Joinville qui, à l'heure de la mort de son frère aîné, assistait joyeusement à Palerme, et par une coïncidence pleine d'amertume, aux fètes de sainte Rosalie.

Ce jeune homme, doué d'une éducation forte et virile, autour duquel rayonnait l'auréole aventureuse du marin, et dont l'adolescence comptait des actions sérieuses, avait déjà inscrit dans sa vie deux dates brillantes : San-Juan-d'Uloa et Sainte-Hélène. L'avenir allait ouvrir devant lui les mystérieuses perspectives de Mogador et les horizons voilés de Claremont.

[illegible] alors, [illegible] A Palermo, et parurent coïncider à pleine d'harmonie, aux fêtes [illegible]. Le jeune homme, doué d'une éducation forte et virile, auteur d'un [illegible] voyage [illegible], et dont l'adolescence comptait des actions [illegible], avait déjà inscrit [illegible] dans [illegible] et Sainte-Hélène. L'avenir allait ouvrir devant lui les mystérieuses perspectives de Mogador et les horizons voilés (1).

(1) [illegible]

II

San-Juan-d'Uloa.

Des assassinats commis sur nos nationaux, des pillages exercés, des insultes faites et des réparations refusées décidèrent, en 1838, l'expédition navale de la Vera-Cruz, que dirigea M. Baudin en qualité de contre-amiral, et à laquelle dut prendre part M. de Joinville comme capitaine de corvette. Il ne s'agissait pas pour la France d'entreprendre une conquête territoriale, d'attaquer l'indépendance du Mexique, de lui imposer une forme de gouvernement, un prince, une constitution, mais simplement de faire respecter dans l'Amérique espagnole notre honneur, notre commerce, notre pavillon, nos nationaux.

Vera-Cruz, où aborda au XVIe siècle le glorieux aventurier Fernand Cortez, était défendue par la forteresse de San-Juan-d'Uloa, tenue jusqu'alors pour imprenable, et qui formait, avec le fort Péruvien le *Callao*, le dernier boulevard qu'aient possédé les rois d'Espagne dans la guerre de l'Indépendance. Des remparts formidables et 5,000 hommes de troupes mexicaines, réunies à la Vera-Cruz, tels étaient, y compris le *vomito prieto*, qui fait dans ces régions du Mexique, sous l'influence délétère d'un climat tantôt brûlant, tantôt glacé, des ravages ignorés même à la Nouvelle-Orléans et à la Havane, les obstacles que l'escadre française devait surmonter, les ennemis qu'elle allait combattre.

Après l'inutile entrevue de l'amiral Baudin et des envoyés mexicains à Jalapa, et quand on apprit à bord de nos navires que l'attaque était devenue imminente, ce fut, parmi les équipages, un hourra enthousiaste, un frémissement universel, un vrai délire.

Une circonstance toute fortuite donnait effectivement à cette lutte un caractère particulier. Le *vomito prieto*, qui ne respecte à Vera-Cruz que les habitants qui y sont nés, s'était attaqué aux bâtiments français pendant le blocus qui avait précédé l'expédition. Privés d'eau et de vivres frais; accablés par un soleil torréfiant; dévorés par le scorbut et décimés par la fièvre jaune, nos matelots avaient enduré d'affreuses souffrances. Il était peu d'entre eux qui n'eussent eu à soigner et, trop souvent aussi, à ensevelir un compagnon bien-aimé! A l'aspect de cette mort hideuse du *vomito*, qui rend la face jaune et safranée, enfonce l'œil dans une orbite profonde, et fait jaillir des lèvres un sang noir et corrompu, une stupeur silencieuse avait régné à bord des navires; une rage sourde y couvait. Par une de ces surexcitations, qui ne reconnaissent pas sans doute la justice et le discernement pour mobiles, mais que le désespoir explique et excuse, nos marins identifiaient le fléau du pays avec ses habitants: « — Nous allons donc, s'écriaient-ils, dans un élan de sombre joie, nous venger de la fièvre jaune! »

Au moment où fut conçue par le ministre de la marine, M. de Rosamel, l'idée d'une expédition navale au Mexique, on s'enquit, avec soin, de la résistance qu'on devait attendre, tant pour sa position topographique que pour ses ressources matérielles, de l'antique et formidable forteresse d'Uloa, que les Mexicains considéraient comme inaccessible, et qu'ils appelaient leur Gibraltar.

En effet, posé sur un récif inabordable, et défendu par deux cents canons échelonnés sur cinq étages, ce fort semblait un défi jeté à toutes les marines. Un seul bâtiment, coulé dans les étroits canaux qui le bordent, eût suffi pour arrêter une flotte entière.

Le gouvernement français, toutefois, ne possédait, à cet égard, que de vagues indications, et les plans de cette forteresse étaient imparfaitement connus. Il les demanda, par voie diplomatique, au cabinet espagnol qui les refusa, se ressouvenant sans doute que le fort d'Uloa avait été l'un des joyaux militaires de l'Espagne, avant que les insurrections victorieuses de ses colonies l'en eussent détaché.

Cette ignorance pouvait avoir, on le conçoit, de fâcheux résultats pour l'escadre, en rendant l'attaque indécise, et en concentrant sur des points invulnérables un concours d'efforts qui, dirigé sur des points plus accessibles, aurait assuré aux armes françaises une réussite éclatante. Ainsi, on ne savait, d'une manière certaine, ni quels ouvrages de défense avaient été préparés par les Mexicains, ni si la profondeur des eaux, dans les diverses directions, permettait à nos bâtiments l'approche des murailles.

Un conseil de guerre, qui réunit tous les officiers (1), ayant été tenu sur la

(1) Les commandements se trouvaient ainsi répartis :

La Frégate la *Néréide* : contre-amiral Baudin et capitaine de vaisseau Turpin.

Id. l'*Iphigénie* : Parseval-Deschène.

Id. la *Gloire* : Lainé.

Id. la *Médée* : Le Ray.

La corvette la *Créole* : M. de Joinville.

Les bricks, bricks-aviso, bombardes, bâtiments à vapeur et corvettes de charge étaient commandés par MM. Laguerre, Fournier, Bérard, comte de Gourdon, Jame, Duquesne, de

frégate amirale, M. de Joinville offrit spontanément d'aller s'assurer en personne de la situation de la place, de l'état des fortifications et des facilités comme des obstacles que le mouillage devait rencontrer.

La mission était importante, difficile, périlleuse; elle devait tenter un jeune courage qui n'aspirait qu'à se distinguer. M. de Joinville, d'ailleurs, avait fait un droit de cette faveur, en étant le premier à la réclamer. Le contre-amiral Baudin en jugea de la sorte et consentit.

Gueydon, Clavaud, Ollivier, Lefrotter, Chaudière, Billeheust de Saint-Georges, Barbotin, Goubin, Launay-Oufray et Lartigue.

A cet effet, la nuit qui devait précéder l'attaque, M. de Joinville, montant une légère embarcation, et suivi de quelques matelots éprouvés, s'éloigna silencieusement de l'escadre. Par un hasard heureux, la lune qui projette constamment, dans ces contrées tropicales, une lumière éblouissante, était à demi-obscurcie par quelques nuages floconneux. On avait enveloppé les rames de linges pour en assourdir autant que possible le clapottement. Par intervalles rapprochés, l'embarcation s'arrêtait; la sonde déroulée descendait au fond de la mer, dont elle mesurait la profondeur, tandis que les matelots retenaient leur respiration et semblaient écouter le silence même.

La diminution successive du fond révéla l'approche du fort ; nos marins purent voir, à travers l'obscurité, se détacher la masse de pierre géante du *Cavallero*, et entendre, de loin en loin, le cri des sentinelles mexicaines, se renvoyant l'une à l'autre le qui-vive espagnol : « *Alerta!* »

La position du canot se trouvait, à ce moment, des plus critiques. Pour être découvert et coulé bas, il eût suffi d'un chuchottement, d'une parole, d'une exclamation échappée à l'imprévoyance, d'une éclaircie de lune, entrouvant le rideau de nuages protecteurs qui voilait sa clarté. Mais rien de pareil n'arriva. Ces quelques hommes, réunis dans la même pensée de dévouement, eurent autant de prudence que d'audace. Une forte impulsion, imprimée à la barque, indiqua que l'on touchait, et la gaffe ne trouva plus que quatre pieds d'eau. Continuer à avancer, c'était exposer l'embarcation à se perdre contre les anfractuosités qui hérissent le pied du fort. M. de Joinville le comprit. Il quitta la barque, descendit dans la mer, ayant de l'eau jusqu'aux épaules, marcha silencieusement le long des rochers, et réussit à s'assurer, par le nombre restreint des sentinelles et la rareté des embrâsures, que les Mexicains, confiants à tort dans l'idée que le manque de profondeur rendait ce côté de la mer inaccessible à nos bâtiments, avaient porté ailleurs le gros de leurs forces.

Le jeune capitaine de la *Créole*, en cette circonstance, ne s'exposa pas seulement à être criblé, ainsi que ses hommes, par les balles mexicaines; mais il courut la chance d'être atteint de fièvres trop promptes, malheureusement sous ces latitudes, à dégénérer en *vomito noir*, et celle plus terrible encore d'avoir affaire, pendant ce bain nocturne, aux requins avides qui peuplent les eaux de la Vera-Cruz.

Le canot regagna le mouillage avec le même bonheur et les mêmes soins qu'il avait mis à s'en éloigner. La cadence mesurée des rames laissa à peine un sillage léger dans l'espace ; et si les sentinelles mexicaines aperçurent ce point noir qui fuyait au loin, elles le prirent certainement pour une de ces mouettes vagabondes qui battent sans relâche la cîme écumeuse des vagues de leur aile blanche.

Le 26 novembre, les trois frégates la *Néréïde*, la *Gloire* et l'*Iphigénie*, et les deux bombardes le *Cyclope* et le *Vulcain*, ayant fait disparaître de leur gréement tout ce qui eût été, sans utilité, exposé au feu des batteries mexicaines, allèrent s'embosser près de la Gallega, sur un fond de roches aiguës, au pied des récifs qui contournent les murailles du fort, et qui, pour la plupart, cachés sous l'eau, ne se reconnaissent qu'au bouillonnement des vagues qui les submergent.

La position des frégates, embossées beaupré sur poupe sur une ligne parrallèle au récif de la Gallega, leur permettait de battre diagonalement les gros ouvrages de la forteresse, tout en évitant le feu de ses fronts les mieux protégés.

La division de combat se trouva ainsi placée, grâce au coup d'œil sûr et à l'expérience éprouvée du contre-amiral Baudin, dans une situation fort avantageuse. En contemplant, d'ailleurs, de plus près cette vieille et lugubre forteresse, dont la construction avait coûté tant de millions à l'Espagne, et qui, bâtie au milieu des flots, semble, à distance, un cercueil abandonné, nos marins ne purent douter de l'accueil qui les attendait. En effet, les soldats mexicains, attentifs aux mouvements de l'escadre, se tenaient sur le flanc des batteries, armés de la mèche et de l'écouvillon.

Nos matelots n'ignoraient pas du reste que ces soldats ne sont pas des ennemis à dédaigner, et qu'on devait attendre d'eux, si leurs officiers ne faiblissaient pas, l'énergique résistance dont des populations consanguines, les Argentins, les Colombiens et les Chiliens, ont donné, en Amérique, d'éclatantes preuves.

L'amiral montait la *Néréide*, une des

trois frégates de combat. Jugeant d'une part, que M. de Joinville avait amplement payé sa dette de dévouement par la nocturne reconnaissance qu'il avait conduite avec tant de bonheur et d'audace; de l'autre, que la *Créole*, vu sa faible mâture et les quatre seuls obusiers longs dont elle pouvait disposer, ne devait pas se compromettre avec la forteresse, il avait classé dans la flotte de réserve la corvette que commandait M. de Joinville, lui enjoignant de se tenir en observation dans le N. O. d'Uloa. En vain le jeune capitaine s'était plaint avec amertume qu'en le séparant de la première division, on le privât d'un honneur qu'il ambitionnait; en vain avait-il objecté qu'il faut un baptême au soldat comme au chrétien, demandé comme un droit l'égalité dans le péril, et conjuré l'amiral, le front pâle et les yeux en larmes, de ne pas jeter un soupçon sur son courage et un incurable regret dans sa vie, M. Baudin était demeuré inflexible, et, au nom de la discipline, avait commandé l'obéissance.

L'amiral, en effet, soit fidélité aux instructions de la famille, soit sentiment austère du devoir, avait accordé à M. de Joinville, non la part d'influence qui s'attachait à son nom, mais uniquement celle qui s'attachait à son grade. Pour lui, comme pour les autres officiers, la même sévérité, la même justice. C'est ainsi que pendant le blocus, tandis que s'exécutaient des évolutions sous voiles, une embardée ayant fait, suivant l'expression technique, « manquer la corvette à virer, » le numéro, affecté à la *Créole*, parut immédiatement au grand mât de la *Néréïde*, accompagné du signal de mécontentement.

L'ordre de commencer le feu fut donné. Alors on vit la *Créole*, incapable de garder l'immobilité, quand tonnaient les batteries françaises, bondir d'impatience, quitter son mouillage, paraître à la voile, contourner au nord le récif de la Gallega, et venir demander, par signal, la permission de rallier les frégates d'attaque.

Vaincu par cette opiniâtreté belliqueuse, l'amiral accorda la permission. La *Créole* s'élança joyeuse, passa entre la frégate la *Gloire* et le récif de la Lavandera, et se maintint dans cette position jusqu'au coucher du soleil, combinant ses bordées de manière à canonner le bastion de Saint-Crispin et la batterie occidentale.

Jamais peut-être notre artillerie navale ne fut servie avec autant de justesse et une dextérité aussi soutenue. L'amiral Baudin en fut lui-même émerveillé. Il ne put retenir sa joie : « — Mes enfants, s'écria-t-il d'une voix tonnante, servez-vous toujours ainsi de vos canons, et vous serez invincibles. »

Quelques heures de bombardement suffirent pour incendier les magasins à poudre, pulvériser la tour des Signaux, faire taire les batteries principales, abattre le *Cavallero*, géant de pierre qu'on eût pu croire indestructible, contraindre les défenseurs de San-Juan-d'Uloa à arborer le pavillon parlementaire, et à en ouvrir les portes à trois compagnies de marine et à une escouade de mineurs, commandées par le chef de bataillon Colombel.

La *Créole* ne cessa pas de combattre. Le bastion de Saint-Crispin et la batterie occidentale en avaient fait le point de mire continuel, l'unique cible de leurs pointeurs. Un boulet pénétra dans la cabine de M. de Joinville, brisant ses ustensiles de toilette et sa vaisselle, endommageant ou détruisant ses dessins, ses souvenirs de famille et les délicates statuettes qu'il tenait de son infortunée, chère et sainte sœur Marie. Le capitaine se montra flatté de cette visite inattendue, et, avec l'enfantillage chevaleresque qui forme l'attribut exclusif de la jeunesse, il salua les Mexicains d'un coup de chapeau.

Les Français trouvèrent à San-Juan-d'Uloa, au milieu des ruines amoncelées et des décombres qui fumaient encore, 600 tués ou blessés, et 195 pièces d'origine et de calibres différents. Quatre d'entre elles portaient cette inscription : « Louis XIV au duc d'Anjou. » L'amiral les fit descendre sur le pont de la *Créole*, restituant ainsi, par droit de conquête, à la France le cadeau qu'un de ses rois avait fait à l'Espagne de Philippe V.

Telle fut cette bataille.

Le Berg-op-Zoom de l'Amérique espagnole avait arboré le drapeau français; l'imprenable Uloa, cette reine vierge des flots, était prise; la poudre avait réussi là où avait échoué la diplomatie; nos marins s'étaient vengés de la fièvre jaune!

Une convention fut en conséquence signée par le contre-amiral Baudin et le général Rincon, commandant en chef du département de Vera-Cruz (1). Mais cette convention, qui assurait paix et protection à nos compatriotes, ne fut pas ratifiée par le gouvernement de Mexico. A

(1) Voici les termes de cette convention :

ART. I.

La forteresse de San-Juan-d'Uloa sera occupée par les troupes françaises, aujourd'hui à midi, après l'évacuation de la forteresse.

ART. II.

La garnison sortira de la place avec armes et bagages et tous les honneurs de la guerre. L'amiral français lui fournira des moyens de transport. Les officiers et soldats conserveront leurs épées. Toutes les propriétés particulières seront religieusement respectées.

ART. III.

Les officiers et soldats s'engagent sur leur pala prise de San-Juan-d'Uloa, le congrès Mexicain répondit par un décret d'expulsion, et les cinq à six mille Français

role d'honneur à ne point servir contre la France pendant huit mois, à partir de ce jour.

ART. IV.

Tous les officiers et soldats qui voudraient se rendre en quelque point du golfe du Mexique, autre que Vera-Cruz, y seront transportés aux frais de la France.

ART. V.

L'amiral français s'engage à faire soigner les blessés de la garnison par les chirurgiens de son escadre, de la même manière que les blessés français.

Fait en double original, dans la forteresse d'Uloa, le 28 novembre 1838.

Signés : DORET et T. PAGÉ, lieutenants de vaisseau ; MANUEL RODRIGUEZ DE CELA, JOSÉ MARIA MENDOZA, colonels

qui étaient venus enrichir le Mexique de leur travail, de leur intelligence et de leur industrie, bannis par le Gouvernement et insultés par la populace, durent s'éloigner en hâte de ce sol inhospitalier.

Négligence chevaleresque, générosité intempestive ou impuissance de moyens d'action, l'amiral français n'avait pas cru devoir disputer tout d'abord aux Mexicains la possession de Vera-Cruz. Il l'avait rendue, en quelque sorte, neutre dans le conflit, lui concédant une garnison indigène d'un millier d'hommes. En dépit de cette restriction formelle, le général Santa-Anna, quittant Mexico, à la tête de plusieurs régiments, qu'il grossit de recrues faites à Perote, à Puebla et à Jalapa, les introduisit secrètement dans Vera-Cruz. Cet accroissement illicite dans l'effectif de la garnison et la fuite de plusieurs familles françaises, qui, éplorées et saisies d'effroi, vinrent chercher un refuge dans la forteresse, réclamaient d'énergiques mesures. Enfin, l'état de conservation parfaite des fortifications de Vera-Cruz, faisant face à Uloa, exigeait qu'on ne laissât pas plus longtemps aux mains de la garnison mexicaine des armes dont elle pouvait faire contre nous un terrible usage.

Une expédition, composée de trois colonnes de débarquement, fut organisée contre Vera-Cruz. M. de Joinville, adjoint à la colonne du centre, en dirigea l'avant-garde, à la tête de quatre-vingt-dix marins de la Créole, portant des pétards pour enfoncer les poternes et des échelles d'escalade.

Cette expédition, dont la marche fut protégée par une épaisse brume, atteignit, vers les six heures du matin, les rives plates et désolées de la Vera-Cruz. M. de Joinville, entraînant ses hommes, força la porte du môle, escalada les murailles, détruisit les batteries, encloua les canons, pénétra le premier dans la ville et s'élança, au pas de course, suivi des officiers de la *Créole*, d'un détachement de marins et d'une partie des artilleurs, vers la maison de Santa-Anna. On combattit, avec intrépidité des deux parts, dans la rue, sous les portiques de la cour, dans l'escalier et jusque dans les chambres même. Un général mexicain s'y trouvait. Le second maître de la *Créole* le saisit au corps, et M. de Joinville reçut son épée. C'était le général de cavalerie Arista, président actuel de la république. Quant à Santa-Anna, il avait pu s'échapper par les toits de la maison, qui sont à *zoteas* ou à terrasses comme tous ceux de Vera-Cruz.

Après cette capture, M. de Joinville, rejoignant les autres colonnes de débarquement, se dirigea, à travers une pluie de balles et une fusillade à bout portant qui creusèrent des trouées profondes parmi nos marins, jusqu'à la Merced. Cette caserne, tant par sa configuration que par la solidité de ses matériaux, devait résister à des attaques réitérées et semblait exiger un véritable siége. M. Baudin en jugea d'un regard, et n'ayant voulu que désarmer la ville, il crut sa mission terminée. L'état de l'atmosphère, des signes visibles pour l'œil du marin, annonçaient un coup de vent du nord, qui eût rendu inexécutable le retour des commandants et des équipages sur les navires, pour la plupart mouillés à de grandes distances. Le réembarquement fut ordonné. Il s'effectua dans le plus grand ordre.

Santa-Anna, fondant alors sur les Français, avec une nuée de soldats, acharnés comme une meute, essaya d'isoler nos marins et de les décimer en détail. Un élève de première classe, le jeune Chaptal, fut frappé au cœur par un projectile mexicain. Le canot amiral fut criblé de balles. Une canonnade meurtrière et une fusillade improvisée firent justice de cette attaque imprévue. Nos troupes se rembarquèrent, comme elles l'eussent fait pour une manœuvre, sans hâte et sans confusion. Pas un homme ne demeura à terre. Un dernier coup de pierrier partit. Ce boulet, solitaire et vagabond, alla frapper Santa-Anna, atteint déjà de deux blessures, et lui mutila la jambe, qui fut immédiatement amputée.

Les soldats mexicains, protégés dans leur retraite par le brouillard, évacuèrent la ville et allèrent camper sur la rive gauche de la Vergara.

On ne saurait, au reste, se faire une idée de l'enthousiasme dont la jambe de Santa-Anna devint le prétexte à Vera-Cruz et à Mexico. On la recueillit, on l'embauma, on l'encensa comme une relique, puis on la porta en grande pompe à la cathédrale, où elle est devenue, pour les habitants de Mexico, ce qu'est, pour ceux de Naples, la fiole de saint Janvier.

Un traité définitif fut signé, le 9 mars

1839, entre le Mexique et la France. La puissance de nos caronades et l'héroïsme de nos marins avaient aplani les difficultés. Ils conduisirent la plume des négociateurs. Mais nos vaisseaux portaient à leurs flancs, dans leur gréement et leur carène, des cicatrices trop profondes pour qu'ils pussent encore regagner la France. Ils dûrent aller se ravitailler à la Havane. Les autorités espagnoles accueillirent sympathiquement notre vaillante escadre. M. de Joinville retrouva, dans cette ville, des familles qui, en 1788, y avaient reçu son père et ses oncles. Il put y connaître aussi la fille de l'amiral Topète, digne, par sa beauté radieuse, du nom biblique qu'elle portait.

Elle s'appelait Salomé. Ce ne fut pas, dit-on, sans une émotion profonde et des regrets pleins d'amertume, que le jeune capitaine de la *Créole* dut, quelques mois plus tard, quitter la Havane pour reprendre la mer, laissant hélas! inachevée, une de ces ravissantes histoires d'amour qui enchantent la vie et le souvenir.

III

James-Town et les Invalides.

On comprend la joie profonde, l'orgueil, les vives émotions de M. de Joinville, quand après de longues négociations avec l'Angleterre, la France fut appelée à rentrer en possession des cendres impériales, et qu'il fut choisi,

5.

malgré sa jeunesse, pour aller, sur un îlot de l'Océan, recouvrer ce patriotique héritage.

Il partit.

La traversée fut heureuse. Toute grande pensée a son magnétisme. Elle électrise les hommes, elle les ennoblit, elle les élève, elle les soustrait, momentanément du moins, au matérialisme grossier de la vie. Les marins de l'escadre, par leur tenue, leur attitude, leur langage, semblaient à l'avance pénétrés du sentiment de la grande réparation qu'ils allaient poursuivre. Ils ne s'abandonnèrent point, pendant la traversée, que prolongèrent des calmes et des folles brises, à ces gaîtés bruyantes destinées à combattre les ennuis du bord, et ils étaient graves, sérieux, attentifs, quand, le 8 octobre 1840, les vigies signalèrent la rade de James-Town. Quelques-uns d'eux, peut-être d'un esprit moins inculte, répétèrent-ils alors ces belles paroles du poëte, qui allaient perdre leur vérité :

« Il est là : sous trois pas un enfant le mesure ;
« Son ombre ne rend pas même un léger murmure ;
« Le pied d'un ennemi foule en paix son cercueil ;
« Sur ce front foudroyant le moucheron bourdonne,
« Et son ombre n'entend que le bruit monotone
« D'une vague contre un écueil. » (1)

Les autorités anglaises ayant prêté aux envoyés du Gouvernement français

(1) *Méditations poétiques*. Alphonse de Lamartine.

un concours bienveillant, quoique froid et rigide, le cercueil fut exhumé.

Dix-neuf années solitaires en avaient respecté le bois fragile. Le taffetas blanc, qui formait la doublure intérieure de la bière, était retombé sur le corps et l'enveloppait comme un linceul. L'attente, l'anxiété, une de ces émotions pénétrantes qui rapproche de Dieu, serrait tous les cœurs. Quand ce drap diaphane se déchira, l'Empereur apparut. C'était lui, et son fier visage était reconnaissable encore. Ses mains — seule coquetterie qu'on lui eût connue de son vivant — avaient échappé aux altérations du tombeau et étaient restées parfaitement belles.

Le gouverneur de l'île avait, en conformité de ses instructions, confié à des Anglais le soin de l'exhumation. Dès lors, M. de Joinville ne crut pas devoir y assister, puisqu'il n'aurait pu en avoir la direction, et il ne voulait, pour l'honneur de la France, se montrer à ces soldats en habit rouge, héritiers d'Hudson-Lowe et derniers geoliers d'une gloire française, qu'à la tête de ses états-majors et avec tout le prestige du commandement.

On doit le dire pourtant : ces soldats étrangers renièrent, en ce jour expiatoire, la trahison du *Bellérophon*. Les dames de James-Town offrirent au commandant de l'expédition un drapeau qu'elles avaient elles-mêmes brodé, au moyen de galons de laine et de soie, que les Anglais avaient détachés de leurs uniformes. Ce drapeau devait dominer en mer le cercueil et ne le quitter qu'à Paris.

Honorable mais vaine expiation d'une lâcheté qui sera pour l'Angleterre — ce que le sang du roi Duncan fut pour la main de Lady Macbeth — ineffaçable !

« Cette main défierait tous les parfums d'Asie. »

La *Belle-Poule* prit le grand deuil; les vergues furent mises en croix, les pavillons en berne; le canon tira de minute en minute. Au bord de la mer, à l'endroit où s'arrêtaient les lignes anglaises, M. de Joinville avait réuni autour de lui les officiers de la division française. Tous, en insignes de deuil, attendaient l'approche du cercueil. M. de Joinville s'avança tête nue, et devant les assistants également découverts, reçut la bière impériale des mains du général anglais Middlemore. Le corps fut descendu dans l'entrepont où était préparée une chapelle ardente. L'absoute fut dite sous la direction religieuse de M. l'abbé Coquereau. La *Belle-Poule* redressa ses vergues, déploya ses pavois, et le 18 octobre, s'éloigna de Sainte-Hélène, emportant les restes de l'homme qui devait reposer, suivant son dernier vœu, sur les bords de la Seine, à l'ombre du pavillon national, et parmi les compagnons de ses longues guerres.

L'attitude gardée par M. de Joinville avait vivement frappé la population de l'île. Commandant de l'expédition, placé en face de l'Angleterre, qui, s'efforçant de faire de notre histoire un livre vide, comme Pitt, un de ses ministres, s'était promis de faire un blanc de la carte de France, n'avait jamais voulu voir qu'un général dans Bonaparte, il avait fait à Sainte-Hélène, pour que la mémoire de l'Empereur fût honorée convenablement, tout ce que la situation pouvait exiger. Homme, il avait conservé en cette circonstance une contenance virile, une dignité sévère et une tenue réparatrice.

Un reflet mystérieux fut jeté sur cette imposante solennité par une coïncidence pour ainsi dire fatidique. Le 18 octobre 1815, le *Bellérophon* avait débarqué Napoléon à Sainte-Hélène ; le 18 octobre 1840, la frégate la *Belle-Poule*, emportant son cadavre, voyait fuir derrière elle le pic de Diane et les maisons blanches de James-Town.

Désormais la vallée du tombeau n'existait plus. La justice humaine allait gagner par cette translation tout ce que venait de perdre la poésie. La maison de Longwood n'était plus, comme celle de San-Martino, qu'un haut personnage russe, par une pensée toute française, vient d'acheter à la Toscane (1), qu'un temple d'où le Dieu était parti.

On prit la mer.

M. de Joinville veilla avec une sollicitude de tous les instants sur son glorieux dépôt. Des bruits de guerre avec l'Angleterre étaient venus jusqu'à la *Belle-Poule*. M. de Joinville rassembla ses équipages; il leur montra la possibilité d'une lutte, ses chances, ses périls; il leur dit que Napoléon mort, confié

(1) M. Anatole de Demidoff, en achetant cette propriété où il a, le 15 août dernier, célébré la fête de l'empereur, s'est occupé d'y réunir des objets d'art, de luxe ou de guerre ayant appartenu à Napoléon, et il a fait ainsi de San-Martino, par d'intelligents sacrifices, une sorte de Musée spécial.

à des marins français, ne pouvait, eux vivants, retomber dans des mains anglaises, et leur fit promettre que si l'on était attaqué et malheureux, la *Belle-Poule* s'engloutirait comme le *Vengeur*.

Il rêva même un instant, — la jeunesse est si prompte à l'espérance et si crédule aux miracles! — qu'il pourrait venger, sur un point perdu de l'océan, avec les canons de sa petite escadre, ces malheurs immortels d'Aboukir et de Trafalgar, qui revivent pour nos marins, à la vue d'un navire anglais, comme ces christs du moyen-âge dont les blessures se rouvraient à l'anniversaire de la Passion.

Les événements ne mirent pas du

reste à l'épreuve ce dévouement. Ils ne confirmèrent pas cette espérance. La *Belle-Poule* essuya, non des combats, mais des tempêtes; elle atteignit la France, le 30 novembre, et vint mouiller sur rade à Cherbourg, au milieu de l'empressement curieux et des acclamations enthousiastes des populations du littoral.

On se souvient de l'affluence populaire qui, le 15 décembre 1840, sous un ciel voilé et un froid intense, s'étendait de l'arc de l'Étoile aux Invalides. Ce cercueil contenait la gloire militaire de la France; il en renfermait aussi les libertés. Mais le peuple, dans sa masse du moins, ne se rappelait qu'une seule chose. Dans Bonaparte, il voyait la répudiation d'une race de rois qui avaient été ses maîtres pendant dix siècles, quelques-uns ses tyrans, plusieurs ses bourreaux. Il se rappelait, non que le général Bonaparte, subrepticement arrivé d'Égypte, s'était saisi par un dol du consulat au 18 brumaire (1), mais qu'il

(1) Ce chiffre 18 avait tenu une large place dans la vie de Bonaparte. Le 18 brumaire (an VIII) il avait opéré, au préjudice de la liberté, la révolution qui le conduisit au consulat. La bataille de la Bérésina s'était donnée le 18 octobre 1812. Le 18 octobre 1813 avait attaché sa date sinistre et son millésime néfaste aux sanglants revers de Leipsick. La bataille de la Belle-Alliance avait été perdue le 18 juin 1815, et ce fut, nous l'avons dit, le 18 octobre de la même année que le navire anglais le *Bellero-*

avait, sur les grands chemins de l'Europe, dans toutes les capitales monarchiques, semé providentiellement la liberté dans les sillons qu'avait creusés son épée. Nul d'ailleurs n'avait encore condamné cette grande mémoire à la déchéance, affaibli son prestige dans l'âme et l'imagination du peuple.

Le 15 décembre, les marins de la *Belle-Poule*, en grande tenue et conduits par M. de Joinville, dont la figure

phon jetait l'ancre dans la baie de Sainte-Hélène, tandis que Louis XVIII rentrait solennellement en possession d'un trône deux fois abandonné, et qui devait, quinze ans plus tard, échapper de nouveau aux débiles mains de sa famille.

belle et pâle, la haute taille et la longue chevelure noire attiraient tous les regards, débarquèrent le cercueil et le placèrent dans le char impérial.

Deux grands mâts, pavoisés de flammes tricolores, dominaient cet arc de l'Étoile que n'eût pas désavoué le génie romain. Sur ces deux mâts étaient inscrits les noms des douze armées de la République et de l'Empire :

Hollande, Sambre-et-Meuse, Rhin, Moselle, Côtes de l'Océan, Catalogne, Aragon, Andalousie, Italie, Rome, Naples, Grande-Armée, Armée de réserve.

Quand le cortège traversa le grand arceau de l'Étoile, le soleil, descendant à l'horizon, dégagea quelques ondes lumineuses, enveloppa le char dans une nappe de feu et convertit cette scène funèbre en une féerie éblouissante.

Le clergé métropolitain, vêtu de velours violet comme pour l'office des Martyrs, bénit le corps sous le porche des Invalides; les trombones firent entendre une marche qui tenait de la prière et du combat; le canon retentit et le cercueil passa.

S'avançant alors vers son père, M. de Joinville lui dit ces simples paroles :

— Sire, je vous présente le corps de l'empereur Napoléon.

Le vieux roi répondit :

— Je le reçois au nom de la France.

L'église était inondée de lumière. De

nombreux candélabres, alternant avec les trophées militaires, guidaient le regard jusqu'au rond-point, où une couronne de gaz et les lustres suspendus projetaient leurs rayons sur une immense tenture violette.

Au-delà de cette nuit étoilée, dans le jour vif et les clartés blanches, apparaissait le cénotaphe.

Avec l'office religieux s'acheva la tâche de M. de Joinville.

Son esprit resta frappé toutefois de l'attitude d'une portion de ce peuple dont il avait traversé les masses ardentes pour se rendre aux Invalides. Çà et là, des cris énergiques s'étaient élevés pour accuser la politique de son père et revendiquer en faveur des libertés publiques les hommages que la gloire militaire allait recueillir.

Ces cris répondaient trop bien à ses convictions intimes pour qu'il y demeurât indifférent. En effet, si dans ses habitudes et ses mœurs privées, la famille d'Orléans offrait un parfait modèle de cordialité, de convenance et de tendresse bourgeoise, des dissentiments politiques profonds séparaient ses divers membres. M. de Joinville avait compris que la prudence glacée de la vieillesse produit des perspectives trompeuses, et que l'ordre sans la liberté, le repos sans la gloire, la paix sans l'estime publique doivent nécessairement, par le chemin de la honte, aboutir aux révolutions. Le vieux roi supportait impatiemment ces désunions intellectuelles. Il s'irritait de trouver des âmes républicaines dans ces héritiers de son nom, dont il eût voulu faire aussi les continuateurs de sa politique. Il ne se rappelait plus que l'éducation populaire à laquelle il les avait soumis en avait fait non des princes, mais des citoyens.

IV

Mogador.

M. de Joinville, qui s'était initié à la science navale sous la direction de M. Guérard; qui, sans suivre les classes de l'école de Brest, en avait subi les examens; qui avait navigué comme volontaire et élève de deuxième classe de

1832 à 1834, comme enseigne de vaisseau à partir du mois d'août 1835, fut nommé lieutenant en 1836, capitaine de corvette en 1838, capitaine de vaisseau en 1839 et contre-amiral le 31 juillet 1843, profitant par une de ces tristes manies monarchiques dont son père n'avait pas su se prémunir, de toutes les facilités légales qu'offrent à l'avancement les règlements maritimes.

Ce fut, en cette dernière qualité, qu'il fut appelé à faire, sur le *Suffren*, la rapide campagne du Maroc.

Une union brillante avait sensiblement modifié, en 1843, sa position personnelle. Il avait épousé la jeune et belle princesse brésilienne, dona Francisca (1), fille de dom Pédro Ier, et était devenu, par cette alliance, beau-frère de l'empereur actuel du Brésil et de la reine de Portugal, dona Maria.

Au moment où ce commandement lui fut confié, l'attention publique était encore attirée sur sa *Note des forces navales de la France*, qui avait eu en Europe, et surtout en Angleterre, un reten-

(1) Cette princesse, parmi les éléments de son apport matrimonial, avait reçu 25 lieues carrées de terrain au Brésil, dans l'île de Sainte-Catherine.

Quant à M. de Joinville, un legs particulier de sa tante, Mme Adélaïde, lui avait assuré la propriété du château d'Arc en Barrois, dans la Haute-Marne.

tissement considérable (1). M. de Joinville n'avait pas craint d'y montrer à nu

(1) « Sur quoi, disait l'auteur de cette note, se fonde-t-on pour rassurer la France et lui prouver que sa marine est dans un état respectable? Sur une escadre à voiles parfaitement armée, j'en conviens, et certes ce n'est pas moi qui lui dénierai ses mérites et sa gloire, mais s'il est vrai que, par le simple progrès des choses, ce qui était le principal, ce qui était tout, il y a vingt ans encore, n'est plus aujourd'hui qu'un accessoire dans la force navale : cette belle escadre serait bien près de n'être qu'une dépense inutile... J'accorde que vingt vaisseaux et quinze mille matelots anglais prisonniers puissent jamais être ramenés dans Toulon par notre escadre triomphante. La victoire en sera-t-elle plus décisive?... Pour qui connaît le peuple anglais, il est évident qu'en de pareilles circonstances on le verra animé d'un immense désir de venger

notre faiblesse maritime et nos misères. Avec la franchise du marin, avec la

un échec qui touche à son existence même. Toutes les ressources navales de cet immense empire, son nombreux personnel, ses richesses matérielles s'uniront pour effacer la tache imprimée à l'honneur de la marine britannique. Au bout d'un mois, une, deux, trois escadres, aussi puissamment organisées que celle que nous leur aurons enlevée, seront devant nos ports. Qu'aurons-nous à leur opposer? Rien que des débris.

« Plusieurs fois, dans le cours de son histoire, la France, alors qu'on la croyait sans soldats, a bien pu en faire sortir des milliers de son sein ; mais il n'en va pas ainsi à l'égard des flottes ; le matelot ne s'improvise pas ; c'est un ouvrier d'art qui, s'il n'est façonné dès son enfance au métier de la mer, conserve toujours une inévitable infériorité. Depuis le temps où nous cherchons à faire des matelots, nous sommes parve-

loyauté du jeune homme, par des raisonnements très-clairs et très-simples, il prouva qu'on avait trompé le pays à la faveur de paroles flatteuses et de calculs erronés; que, malgré tous les faits avancés, tous les chiffres produits, nous n'avions qu'une force impuissante, purement nominale; qu'il n'était qu'un moyen efficace de relever notre marine déchue, c'était de la transformer; de substituer aux bâtiments à voiles, la navigation par la vapeur, sur nos côtes et dans la Méditerranée; d'établir enfin de puissantes croisières sur

nus, il faut le reconnaître, à avoir des gens qui n'auront pas le mal de mer; mais le nom de matelot ne se gagne pas à si bon marché! »

tous les points du globe où, en paix, notre commerce avait des intérêts, et où, en guerre, nous pouvions agir avec avantage.

Cette note, publiée le 15 mai 1844, exerça une telle pression sur l'opinion publique et sur les Chambres, qu'elle provoqua le vote par lequel on ajouta aux 200,000,000 du budget normal de la marine, un supplément extraordinaire de 93,000,000. Elle fit porter la flotte française à 290 navires à voiles et à 100 bâtiments à vapeur (1).

Ce fut le 11 août 1844, qu'après avoir bombardé Tanger, fait taire ses batte-

(1) Compte rendu du ministre de la marine; décembre 1845.

ries et détruit ses fortifications extérieures, que l'escadre française se montra devant Mogador.

Cette expédition, qu'avaient rendue nécessaire les secours de tous genres accordés par Abder-Rhaman à Abd-el-Kader; l'agglomération de troupes nombreuses près d'Ouchda, sur nos frontières d'Algérie; les excursions hostiles des soldats marocains et les injurieuses prétentions du pacha de Larache, était appelée à soutenir les opérations de terre du général Bugeaud, et à frapper dans Mogador, la source même où s'alimentaient la prospérité commerciale de l'empire et la fortune particulière de l'empereur.

La tâche toutefois était grave et la réussite incertaine.

La position topographique de Mogador crée à tout débarquement militaire des obstacles considérables, des périls multipliés.

Une île extrêmement basse, fouettée par les flots, et qui semble perdue au milieu de terrains mouvants, que le vent fait onduler comme des vagues ; l'absence de tout chemin frayé et reconnaissable, par suite de la capricieuse mobilité des sables ; d'arides plaines ; des collines noirâtres ; dans un lointain immense, les cîmes neigeuses de l'Atlas ; de puissants remparts, établis sur les fronts qui regardent l'Océan ; un invulnérable défenseur, la marée, enserrant la ville sur une très-grande étendue ; telles furent les difficultés topographiques et l'aspect tout inattendu qui frappèrent nos équipages à leur arrivée devant Mogador.

Le temps, d'ailleurs, était affreux. Pendant les quatre premiers jours, la grosseur de la mer et la violence des vents ne permirent pas même à nos navires, mouillés devant la ville, de communiquer entre eux. Leurs ancres cassaient comme du verre. Ce fut seulement le 15 août qu'on put, sous un ciel rasséréné et une mer redevenue calme, se reconnaître, s'entendre, préparer l'attaque et tracer l'ordre du combat.

Les deux vaisseaux, le *Jemmapes* et le *Triton*, allèrent s'embosser devant les batteries occidentales; le *Suffren* et la *Belle-Poule* dans la passe du nord; les bricks le *Cassard*, le *Volage* et l'*Argus*, à courte distance des fortifications de l'île; les bateaux à vapeur, portant 500 hommes de débarquement, dans les créneaux de la ligne des bricks.

Un feu terrible s'engage, soutenu de part et d'autre avec une égale énergie. Nos matelots, qui trop longtemps ont dû borner leur ardeur aux émotions factices des manœuvres d'instruction et des batailles simulées, aspirent la poésie du danger et laissent déborder leur enthousiasme. La mitraille éclate et siffle autour du *Jemmapes*. Vingt hommes sont tués ou blessés à bord de ce navire, que commande le brillant capitaine Montaniès. Un jeune élève de grande espérance, M. Noël, est atteint d'un éclat d'obus.

M. de Joinville prend terre. Un talus est franchi, une batterie conquise. Le second maître, Toche, du *Phare*, y arbore le drapeau français. De toutes parts c'est une émulation d'héroïsme. Nul cœur ne bronche. La mort n'effraie plus. La pitié s'oublie. Le péril enivre. Les Marocains, étonnés, jettent en vain les yeux vers le tombeau de Sidi-Mogodoul. Ce saint, qui a donné son nom à leur ville, ne la protégera point contre la furie française. Ils reculent, non sans faire parler la poudre. Les balles pleuvent. A chaque instant, derrière un mamelon, une haie de cactus, un quartier de roche, un monticule de sable, on voit luire le long canon des carabines arabes. Un éclair sillonne la nue. Un homme tombe. N'importe, si la résistance est opiniâtre, l'attaque est irrésistible. Acculés à une mosquée, par le lieutenant-colonel Chauchard et le capitaine du génie Coffinières, les soldats d'Abder-Rhaman s'y renferment. La porte est enfoncée par le canon. On se précipite. Un combat furieux s'engage dans l'ombre. M. Potier, officier de mérite, murmure une plainte sourde, s'affaisse et meurt. Le capitaine de vaisseau Bellanger, le capitaine de corvette Duquesne, le lieutenant de vaisseau Coupvent-Desbois, le sous-lieutenant Despallières, sont atteints de blessures glorieuses. Une épaisse fumée remplit ces longues voûtes sombres. On s'arrête. Dans la nuit qui nous environne, nos balles peuvent se retourner contre nous, la main d'un camarade devenir celle d'un ennemi. La lutte cesse. On attend le jour. On cerne la mosquée. Aux premières lueurs de l'aube, les Maures et les Kabyles jettent leurs armes, et se rendent à discrétion. Est-il besoin d'ajouter que le *vœ victis* ne fut pas prononcé à cette heure sanglante. On épargna des hommes qui ne voulaient plus combattre, et qui, la main désarmée, ne pouvaient plus être que des victimes.

M. de Joinville avait couru de grands dangers. Son visage et ses insignes l'avaient désigné comme une cible aux balles arabes. Couché en joue par un cheik, il dut son salut à l'héroïque dévouement d'un officier qui se plaça devant lui, reçut la balle qui lui était destinée et le sauva ainsi d'une mort certaine.

Jugeant qu'une promenade dans la ville serait sans utilité, sans péril, sans gloire, mais non peut-être sans licence, M. de Joinville ne permit pas que nos marins y pénétrassent; il était loin de prévoir alors que cette malheureuse cité, envahie quelques jours plus tard par les Kabyles de l'intérieur, qui s'y jetèrent comme sur une proie, serait incendiée, pillée, saccagée, livrée à des horreurs sauvages dont l'imagination s'épouvante.

Deux cents cadavres, trois drapeaux, dix canons de bronze; des pièces enclouées, des embrâsures démolies, des magasins à poudre noyés; l'orgueil du Maroc abaissé, ses injures punies, nos matelots triomphants; l'idée de la France agrandie dans l'esprit des populations mahométanes; des voisins dangereux transformés en alliés craintifs; les coreligionnaires d'Abd-el-Kader condamnés à une neutralité obéissante, tels furent, concurremment avec la bataille d'Isly, dont elle forma en quelque sorte une épisode, les résultats tout à la fois solides et brillants de la journée de Mogador.

V

Claremont.

La Révolution de février ne surprit pas M. de Joinville; il l'avait prédite, sinon désirée; et il expiait, sur les côtes d'Afrique, sa prévoyance par une disgrâce.

Sa lettre à M. de Nemours, datée

du vaisseau le *Souverain*, au golfe de la Spezzia, le 7 novembre 1847, est restée, eu égard à la source d'où elle émanait, l'accusation la plus terrible qu'on ait dirigée contre la politique illibérale et impopulaire du vieux roi :

« ... L'avénement de Palmerston, y était-il dit, en éveillant les défiances passionnées du roi, nous a fait faire la campagne espagnole et nous a revêtus d'une déplorable réputation de mauvaise foi. Séparés de l'Angleterre, au moment où les affaires d'Italie arrivaient, nous n'avons pu y prendre une part active, qui aurait séduit notre pays et été d'accord avec des principes que nous ne pouvons abandonner, car c'est par eux que nous sommes. Nous n'avons pas osé nous tourner contre l'Autriche, de peur de voir l'Angleterre reconstituer immédiatement contre nous une nouvelle Sainte-Alliance... Tout cela est l'œuvre du roi; le résultat de la vieillesse d'un roi qui veut gouverner, mais à qui les forces manquent pour prendre une résolution virile.

« Je me résume : en France, les finances délabrées; au dehors, placés entre une amende honorable à Palmerston au sujet de l'Espagne, ou cause commune avec l'Autriche pour faire le gendarme en Suisse et lutter en Italie contre nos principes et nos alliés naturels. Tout cela rapporté au roi, au roi seul qui a faussé nos institutions constitutionnelles.

« Tu me pardonneras cette épître, mais nous avons besoin de nous sentir les coudes. Tu me pardonneras ce que je dis du père : c'est à toi seul que je le dis. Tu connais mon respect et mon affection pour lui; mais il m'est impossible de ne pas regarder dans l'avenir (1). »

A la suite de cette lettre M. de Joinville, devenu gênant, dut se tenir éloigné de la France; il avait, en effet, mérité une sorte d'exil pour avoir lui — prince du sang — devancé et annoncé, par ce cri d'alarme, la *révolution du mépris.*

(1) Revue Rétrospective, 1848.

Cette révolution ne l'en frappa pas moins comme la foudre. Toutefois, la perte de sa fortune, l'avenir de sa famille mis en question ou plutôt détruit à jamais; un trône brisé, une dynastie en fuite, tous ces ravages, toutes ces ruines et toutes ces larmes le préoccupèrent sans l'abattre. Seule, l'idée du bannissement le terrifia. De concert avec M. d'Aumale, qui portait au pays la même tendresse passionnée, il repoussa tout projet de contre-révolution en Algérie et fit parvenir au Gouvernement provisoire cette renonciation brève et simple :

« J'ai reçu la dépêche télégraphique que vous m'avez adressée.

« J'aime trop mon pays pour avoir un instant songé à y porter la discorde.

« Du fond de l'exil, mes vœux les plus ardents seront toujours pour le bonheur de la France et le succès de son drapeau. »

Le lendemain, M. de Joinville quittait l'Algérie et partait avec son frère pour Londres, où l'attendait un danger plus redoutable que les balles arabes ou mexicaines; une souffrance à laquelle nulle douleur n'est comparable; un ennui plus amer que la mort, l'exil!

Claremont est une résidence désolée, sombre comme le climat de l'Angleterre et mélancolique comme son soleil. Ce ciel qui, même dégagé de nuages, est d'un bleu laiteux où le blanchâtre domine; ces matins et ces soirs, baignés de brumes et noyés de vapeurs, disposent l'âme et l'esprit aux rêveuses tristesses. M. de Joinville y sentit doublement le poids de l'exil et laissa échapper à plusieurs reprises, dans ses épanchements épistolaires, le dégoût immense et le mal noir qui le dévoraient.

« Voilà, écrivait-il, en 1848, voilà le printemps avec sa verdure, ses fleurs, son doux aspect. Hélas! rien ne nous sourit cette année... Famille, patrie, rêves de grandeur et de gloire, tout est brisé... Couché sur les bruyères, je lis énormément pendant que nos femmes travaillent. Elles font elles-mêmes leurs robes, et je vous assure qu'elles pourraient gagner leur vie.

« J'aime mon pays ; j'ai ruiné ma santé à son service ; je me serais fait tuer pour lui ; je me ferais tuer encore ; mais l'idée d'un bannissement pour récompense me donne le vertige.

« Pauvre France ! si je ne dois plus la revoir ; s'il ne m'est pas donné de mourir à son service ; si je dois oublier mon passé, je veux m'enfoncer assez loin dans les déserts pour ne plus entendre parler d'elle ; pour ne plus avoir l'âme déchirée par son souvenir ; pour que mes enfants puissent ne pas la connaître, afin de leur épargner d'éternels regrets. »

Veut-on maintenant, après les faits, une conclusion?

La voici :

M. de Joinville n'est rien, moins que rien comme prince. Si un malheur pouvait être un péché, ce serait le sien. Mais il est quelque chose comme soldat, car il s'est honorablement battu pour la France à San-Juan-d'Uloa et à Mogador; il est quelque chose comme citoyen, car il s'est incliné devant la République, cette immortelle légitimité, et a subi, résigné, l'ostracisme que le Gouvernement provisoire lui envoyait dans une prière. — Peut-être même est-il quelque chose comme penseur, puisqu'il a mérité ce soupçon d'une plume réactionnaire :

« Nous avons sujet de croire que l'esprit du *prince* s'est avancé jusque dans ce mysticisme révolutionnaire et socialiste, où flottaient déjà, sans guide et sans point d'appui, les pensées de l'infortuné duc d'Orléans. »

M. de Joinville, outre son éducation populaire, n'a-t-il pas des motifs terribles pour être et demeurer républicain ? Son père, ce vieux roi qui avait vu ses amis, ses conseillers, ses ministres user une incontestable éloquence à démontrer l'impossibilité de la République; à prouver que ce mot voulait dire spoliation, anarchie, échafaud; qui, leur complice pendant dix-huit ans, avait nié avec eux, par ses principes comme par ses actes, la liberté, le mouvement humain, la respiration, la vie; ce vieux roi, si misérablement échoué, reconnut hautement, dans ce grand naufrage de son expérience et de son orgueil, la fausse optique de ses calculs; il crut à la marée montante de la démocratie et répéta à sa dernière heure les paroles qu'il avait prononcées en quittant la France :

« On galvanise les morts, on ne les ranime pas. J'emporte la monarchie dans ma tombe. »

A ceux qui rêvaient la fusion stérile de deux branches mortes; qui croyaient pouvoir, dans une coalition absurde, rajuster les morceaux d'un sceptre et les lambeaux d'une royauté, un fils de ce vieux roi n'a-t-il pas dit :

« La France est à jamais démocratisée. Le droit au trône n'est qu'un cadavre de plus parmi ceux que la démocratie a ensevelis. Pour nous, serviteurs nés de la révolution, nous n'invoquons pas de droits, nous obéissons à la volonté nationale ; nous attendons tout du peuple qui nous a couronnés dans une insurrection, détrônés dans une autre, qui nous rappellera s'il en avise, quand et comment il lui plaira, et qui nous trouvera toujours prêts à répondre à son appel (1). »

(1) Marquis de Jouffroy. Journal *la Presse*, 13 septembre 1851.

Pourquoi craindre une arrière-pensée, là où l'intérêt personnel, la moralité, la conscience, le devoir, se trouvent étroitement unis? Ne sait-on pas qu'en politique les arrière-pensées ont un double malheur? Elles déshonorent et elles échouent. La loi à la main, on emprisonne les traîtres et on les exile, puisque la République, renversant, à son éternel honneur, l'échafaud politique, n'a pas voulu qu'on pût les tuer. Tout drapeau où flottent ces mots : Vive le droit! Vive le serment! mène inévitablement au triomphe.

Sans être aveugles, soyons justes. Si la candidature de M. de Joinville doit être écartée, ce n'est point par défiance pour un cœur loyal, pour un caractère chevaleresque; mais parce que beaucoup de citoyens en France ont donné à la Révolution des gages que n'a pu leur offrir M. de Joinville.

Cette candidature ne saurait émaner, d'ailleurs, que du suffrage universel. Nommé sous l'empire de la loi du 31 mai, l'Exilé de Claremont représenterait un parti, non la France, et serait justement désavoué par trois millions d'hommes.

Quoi qu'il en soit, pour l'honneur du pays et la glorification de la liberté, plus de suspicion injurieuse, d'exclusion systématique, de solidarité injuste, de châtiment où il n'y a pas de crime.

La République :

C'est la justice ;

C'est la vérité ;

C'est l'égalité ;

C'est la force ;

C'est une part de soleil pour tous ;

C'est l'Évangile appliqué à la politique ;

Et si elle dit : « PLUS DE PRINCES ! » elle dit aussi : « PLUS DE PARIAS ! »

FIN.

TABLE

Un mot. 5

I. Le chemin de la Révolte. 9

II. San-Juan-d'Uloa. 19

III. James-Town et les Invalides. 53

IV. Mogador. 73

V. Claremont. 91

PARIS. — IMPRIMERIE DE W. REMQUET ET Cie,
rue Garancière, 5, derrière Saint-Sulpice.

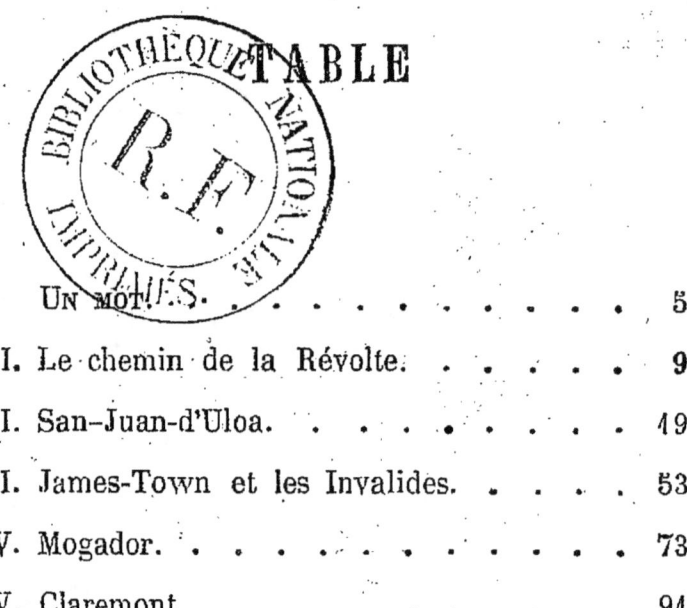

www.ingramcontent.com/pod-product-compliance
Lightning Source LLC
Chambersburg PA
CBHW071108260626
47162CB00006B/2250
* 9 7 8 2 0 1 9 5 3 2 5 5 0 *